© Olaf Ballnus

ANDREAS HÜGING verbrachte 20 Jahre als Musiker, Komponist und Texter in Hamburg und mit Bands on tour, bevor er zu schreiben begann. Andreas hat inzwischen mehrere Kinderbücher in verschiedenen Verlagen veröffentlicht und tourt mit musikalischen Lesungen quer durchs Land. Er lebt in Berlin Friedrichshain.

© privat

NIKOLAI RENGER ist in Karlsruhe geboren und studierte Visuelle Kommunikation an der HFG in Pforzheim. Er ist als freiberuflicher Illustrator für verschiedene Verlage und Agenturen tätig und arbeitet seit 2013 im Atelier Remise in Karlsruhe.

Andreas Hüging

ROGER RÄTTEL

und die heißeste Detektivschule der Welt

Ein Loch in der Wüste

Mit Illustrationen von
Nikolai Renger

PENGUIN JUNIOR

EINFACH SELBST LESEN

MIX
Papier | Fördert gute Waldnutzung
FSC® C043106

Penguin Random House Verlagsgruppe
FSC® N001967

1. Auflage 2024

Umschlaggestaltung: Maria Proctor, Würzburg
Umschlag- und Innenillustration: Nikolai Renger
MI · Herstellung: AJ
Satz & Reproduktion: Lorenz+Zeller GmbH, Inning a. A.
Druck: Grafisches Centrum Cuno GmbH & Co. KG, Calbe
ISBN 978-3-328-30223-0
Printed in Germany
www.penguin-junior.de

Inhalt

Kaktuskäsesuppe

Irgendwer hat mal behauptet, die Nächte in der Wüste wären bitterkalt. Das stimmt. Aber nicht heute. Es ist sogar suuuuperheiß! Dabei ist die Sonne schon vor einer Stunde untergegangen. Trotzdem japsen und hecheln wir in unserer Schlafhöhle. Leider können Schlangen nicht schwitzen. Ihr habt richtig gehört. Ich bin eine echte Klapperschlange! Ich heiße Roger Rättel und trage den wohl längsten Mantel der Welt. Eine schicke Krawatte und einen Hut. Was die Sache mit der Hitze nicht besser macht.

„Brutzelalarm, aber so was von!", stöhnt mein bester Freund Fenni in seinem Ohrensessel. „Zu blöd, dass mein Fell keinen Reißverschluss hat."

Fell? Genau! Fenni ist ein echter Wüstenfuchs: Riesenohren, kleiner Körper, dünne Beine.
„Wie meinst du das?“, frage ich ihn. *PRRRRRRR*, rasselt plötzlich die Klapper ganz hinten an meinem langen Körper. Das macht sie immer, wenn etwas Aufregendes passiert. Oder wenn ich einen Geistesblitz habe. So wie jetzt: „Capito, Amigo! Dann würdest du dich jetzt nackig machen.“
ZSSSSSSSSSS, kichere ich auf Schlangenart.
„Ganz genau!“ Fenni flitzt ins Bad und kommt mit zwei Wäscheklammern zurück. Eine klemmt er auf seine Nase. Die andere drückt er auf meinen kleinen Zinken. „Sorry, Rättel, es ist nicht nur heiß bei uns. Es stinkt auch gewaltig!“
Leider hat Fenni recht. Den ganzen Tag haben wir uns auf das leckere Abendessen gefreut. Doch unser geliebter Kaktuskäse ist auf dem Teller geschmolzen.
„Denkst du, den können wir noch essen?“
Meine Zunge zischelt unschlüssig über der grünen Flüssigkeit.

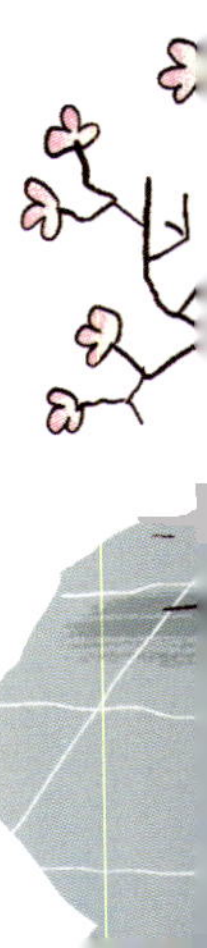

„Probieren geht über Studieren“, sagt Fenni und holt zwei Strohhalme aus der Küche.
„In Ordnung“, findet er und saugt hungrig weiter an dem Halm.
Vorsichtig koste ich die Käsesuppe. Seltsam, schmeckt nach nichts. *PRRRRRRR!* Capito! Wer nichts riecht, schmeckt auch nichts. Ein genialer Supertrick! Hurra, der Abend ist gerettet!
Kurz darauf fläzen wir uns mit vollen Bäuchen vor das große Aussichtsfenster. Der Himmel über

unserer Wüstenstadt Älbukörki ist einfach superschön. Wie eine riesige Mütze voller Sterne. Man sieht kaum noch das Dunkle zwischen den funkelnden Punkten. Der Mond lächelt zu uns runter und wir lächeln zurück.
„Börp", rülpst Fenni laut.
Entspannt füge ich noch einen Schlangenpups hinzu. „Wir leben am schönsten Ort der Welt, oder Fenni?", seufze ich zufrieden.
Fenni fächelt uns mit seinen Riesenohren frische Luft zu und nickt dabei. Dann gibt er Iris einen langen Gute-Nacht-Schmatz. Iris ist eine lila Lilie, die er besonders gernhat. Die Blume steht in ihrem Topf zwischen uns.
„Was glaubst du, wird morgen?", fragt mich Fenni gähnend.
„Ein heißer Tag, was sonst?", antworte ich. „Penn gut, Fenni!"
„Ratz besser, Rättel!"
Doch kaum sind wir eingeschlafen, weckt uns ein grelles Licht aus unseren Träumen. Erschrocken

reißen wir die Glupscher auf. Die größte Sternschnuppe, die wir jemals über Älbukörki gesehen haben, rast durch die glitzernde Himmelsmütze.

„Uurrrghhh!", schluckt Fenni. „Siehst du, was ich sehe, Rättel?"

Leider ja. *„Zur Knatternatter!* Die kommt direkt auf uns zu!"

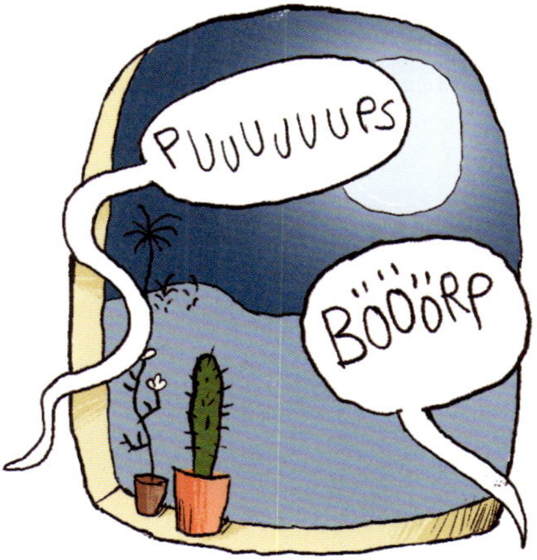

Operation Feuerkugel

„Schnell, Rättel, wir verduften!" Fenni schnappt sich Iris und sprintet zur Tür. *PRRRRRRRRRRRRR!* Über der Stadt wird es immer heller. Gerade will ich ihm folgen, da mache ich die erste seltsame Beobachtung. „Warte, Fenni, da draußen tut sich was."
Die Blätter der Lilie zittern in Fennis Arm. Mit gesträubtem Nackenfell schließt er die Tür und linst wieder durchs Fenster. „Na so was. Das Ding wird langsamer", staunt er. „Fast hätte ich mir ins Fell gemacht."
„Hast du schon mal eine Sternschnuppe mit eingebauter Bremse gesehen?", frage ich ihn.
„Ne", stutzt Fenni. „Die leuchten und dann verglühen

sie. Vorher darf man sich noch was wünschen."
Fenni stellt Iris an ihren Platz und schließt die Augen. »Also ich hätte gerne ..."
„Ich glaube, das funktioniert diesmal nicht", unterbreche ich ihn. Wichtige Beobachtung Nummer zwei: Die Schnuppe blinkt rot und grün. Wichtige Beobachtung Nummer drei: Das Ding hat Beine!
PRRRRRRRRRRR!!!! Meine Rassel kriegt sich gar nicht mehr ein, denn jetzt sinkt die falsche Schnuppe hinter Älbukörki zu Boden. Das Licht erlischt.

Minutenlang warten wir stumm vor der Scheibe. Doch der Spuk ist vorbei.

„Was war das?“ Fenni putzt sich das Fell. Das macht er immer, wenn er angestrengt über eine Sache nachdenkt.

„Unser nächster Fall“, verkünde ich und rücke meinen Hut gerade.

Habe ich eigentlich erwähnt, dass Fenni und ich echte Meisterdetektive sind? Na ja, jedenfalls besitzen wir das *Kleine* Doppeldee. Also das kleine

Detektivdiplom. Die Urkunden hängen bei uns an der Wand. Frau Gecko, unsere Lehrerin, hat sie uns am Ende des letzten Schuljahres verliehen. Für besondere Leistungen. Wir gehen nämlich in die heißeste Detektivschule der Welt. Wäre doch gelacht, wenn wir das Geheimnis um das seltsame Licht nicht in Windeseile klären.
Außer uns schlafen alle anderen in Älbukörki sicher längst. Das würde bedeuten, dass nur wir das seltsame Licht gesehen haben. Auch Fenni ist nun ganz still.
„Pennst du schon?" Ich stupse ihn mit meiner Rassel an.
Einen Arm hat er um den Topf von Iris gelegt. „Nö."
„Dann spitz die Löffel, Fenni. Morgen Mittag, gleich nach dem Unterricht, starten wir die Operation Feuerkugel!"

Notfall in Höhle Sieben

Nach einer viel zu kurzen Nacht blinzele ich entsetzt auf die Uhr. „Fenni, aufstehen!" Es ist zehn Minuten nach acht. Der Unterricht in der Gerda-Gecko-Detektivschule hat also ohne uns begonnen. „Wir haben vergessen, den Wecker zu stellen!" Kein Wunder. Wer denkt schon an so was, wenn in Älbukörki ein Riesenschnuppen-Dingsbums gelandet ist. Stundenlang haben wir gestern noch gerätselt, was das bloß gewesen sein könnte!
Und als Fenni irgendwann doch weggeratzt ist, hat sein Bauch angefangen, fürchterlich laut zu gluckern – erst nach Sonnenaufgang konnte ich auch endlich einschlafen.
Doch die Vorfreude auf unsere geplante Operation

lässt mich die Müdigkeit vergessen. „Der frühe Detektiv fängt den Wurm!", rufe ich fröhlich durch unsere Schlafhöhle.
Aus Fennis Ecke dringt ein seltsames Knurren, dann meldet er sich mit dünner Stimme.
„Uuuuaaargghhh. Der frühe Detektiv kann mich mal. Ich habe Bauchschmerzen!"
Bei seinem Anblick zuckt meine Rassel vor Schreck. *PRRR. PRRR. PRRR.* Seine Ohren hängen herab wie nasse Lappen. Das tun sie nur bei schriftlichen Prüfungen in der Schule. Oder wenn er krank ist. Da heute kein Test ansteht, kann es nur eines bedeuten: Ihm ist fuchselend! Ich muss nicht lange nach der Ursache suchen. Die Kaktuskäsesuppe! Mein Schlangenbauch hat sie prima vertragen. Doch Fenni hat unser Abendessen von den Pfoten gehauen.

„Rättel, hol schnell den Doktor", jammert er. Jetzt mache ich mir wirklich Sorgen. Normalerweise hat er einen Riesenschiss vor weißen Kitteln und ganz besonders vor Spritzen. „*Zur Schnatternatter* aber auch, wo ist bloß das Handy?" Unsere Tomatendose mit der langen Schnur funktioniert hier in der Wüste prima: Einfach das andere Ende um einen der vielen Telefonmasten knoten und losquasseln! Dafür muss ich unser Telefon aber erst mal finden.
„Im Badezimmer", ächzt Fenni kraftlos.
Tatsache! Weil wir die Dusche nur sehr selten benutzen, dient sie uns als Rumpelschrank. Unter einem Berg ungewaschener Teller und Tassen schlummert das Handy. „Hiiilfe!", brülle ich in die Dose. „Wir brauchen den Doktor, Höhle Nummer Sieben, auf Gerda Geckos Schulgelände. Kommen Sie schnell!"
Keine zehn Minuten später ist Doktor Muff auch schon bei uns. Er heißt so, weil er ein Mufflon ist, capito? Sein Sohn Potter geht in unsere Klasse.

Die Sache mit Fenni ist ernst. „Eine schlimme Kaktuskäsesuppen-Bauchverstimmung“, bestätigt Muff meinen Verdacht. „Damit ist nicht zu spaßen. Ich werde ihn mitnehmen und ein paar Tage beobachten.“
Kurz bevor er meinen Freund rausbringt, flüstert Fenni mir zu: „Rättel, du musst mir später unbedingt

erzählen, was gestern Nacht da draußen gelandet ist. Dann geht's mir bestimmt gleich viel besser. Detektiv-Ehrenwort?"

Am liebsten würde ich ihm zum Abschied die Pfote drücken. Aber so was können Schlangen ja nicht. „Bei meiner Rassel", verspreche ich ihm und klappere kurz. „Den Fall löse ich, dann bist du ratzfatz wieder fit."

Ehe ich mich versehe, bin ich allein. Traurig schaue ich zu der Tür, durch die Doktor Muff meinen Freund fortgebracht hat. Sogar Iris scheint ihn jetzt schon zu vermissen. Gestern Abend haben die zwei noch geschmust. Nun lässt sie ihre lila Blüte hängen. „Ganz bestimmt ist Fenni bald wieder gesund", versuche ich die Lilie aufzumuntern. Aber da fällt auch schon das erste Blatt über den Topfrand.

Karamelo und der Grützeregen

Was soll ich bloß tun? Unschlüssig schleiche ich durch unsere Höhle. In der Schule werden sie nach Fenni fragen. Dann muss ich allen erzählen, wie schlecht es ihm geht. Und das macht mich noch trauriger. Auf den Unterricht kann ich mich jetzt eh nicht mehr konzentrieren. Ebenso gut kann ich sofort die Operation Feuerkugel starten. Wenn ich das Geheimnis lüfte, hilft das Fenni vielleicht beim Gesundwerden. Außerdem hat er mein Schlangen-Ehrenwort. Leider wird Frau Gecko stinksauer auf mich sein. Dann fällt mein Blick auf unsere Urkunden. Die Kleinen Doppeldees hat sie uns verliehen, weil wir geniale Detektive sind. Nichts macht sie so stolz wie ein gelöster Fall! Nur so kann ich Fenni helfen und gleichzeitig Ärger vermeiden. Der Plan ist nicht genial. Aber was Besseres fällt mir im Moment nicht ein. „Kopf hoch!“, verabschiede ich mich von Iris. Sogar ihre Blüte ist nur noch blass-lila.

Draußen schiebe ich meinen Hut bis fast über meine Nase. Den Mantel knöpfe ich über der Krawatte bis oben zu. Wichtigste Detektiv-Regel: Niemals auffallen! Die halbe Strecke zum Stadtrand habe ich bald unerkannt geschafft. Doch plötzlich ruft jemand nach mir: „Momentchen mal, Rättel! Musst du nicht zur Schule?“

Ein großes, zotteliges Kamel kommt von hinten angetrabt. Es ist Karamelo, der Sheriff von Älbukörki.

„Äh, ich habe eine wichtige Aufgabe“, flunkere ich. „Geheime, unsichtbare Beobachtung, Sie verstehen!“, schiebe ich schnell nach.

Der Sheriff überholt mich und kommt in einer Staubwolke zum Stehen. „Hm, was beobachtest du denn?"
„Das ist doch geheim", zische ich ihm zu.
„Verstehe", grummelt der Sheriff. „Und wo stecken die anderen aus deiner Klasse?"
„Die sind natürlich unsichtbar", erkläre ich ihm geduldig.
Karamelo schaut sich misstrauisch um. „Und wo ist Frau Gecko?"
„Die hat sich ebenfalls versteckt", lüge ich, denn ich will so schnell wie möglich weiterermitteln. Dann spüre ich ein Zucken in meiner Rassel. Irgendwas an Karamelo ist anders als sonst. Ein leises PRRRRR, und dann habe ich die Antwort: Der Sheriff liebt Karamellkaugummis über alles. Sein lustiger Name ist eine Kombination aus Kamel und Karamell. Niemand hat ihn jemals ohne ein

Kaugummi zwischen den Zähnen gesehen. Deshalb liegt in seinem Sheriffbüro auch immer ein großer Vorrat. Doch heute dringt nicht der leiseste Schmatzer aus seinem Maul.
„Sind Ihnen etwa die Karamellkaugummis ausgegangen?", frage ich. „Wieso lassen Sie keine Blasen platzen?"
„Du willst ja nur ablenken!", mosert Karamelo.
Das stimmt. Aber ich lasse nicht locker: „Wo sind Ihre Kaugummis? Ich muss solche Fragen stellen, Sie wissen doch, ich bin ein geprüfter Diplomdetektiv!"
„Di..di..di..Diplomdetektiv! *Muhahahahaha*!", lacht Karamelo. Dann kriegt er sich wieder ein.
„Zugegeben, bei der Sache mit Molcho Melone hast du mir ein bisschen geholfen."
PRRRRRRRRR. Ein bisschen geholfen? Den gemeinen Wasserdieb hätte der Sheriff ohne mich niemals festgenommen. Aber das ist eine andere Geschichte.
Karamelo plappert munter weiter: „Die Kaugummis

sind alle. Zum Glück kommt heute ein Riesenpaket mit frischer Ware. Es liegt sicher schon vor meinem Büro. Du weißt ja, nur mit Kaugummi kann ich für Recht und Ordnung sorgen."
Dann beugt sich Karamelo mit finsterer Miene zu mir herunter. „Jetzt wieder zu dir, Rättel. Raus mit der Sprache. Was treibst du hier?"
Was soll ich bloß sagen? Wenn ich ihm von der Feuerkugel erzähle, klebt er mir an der Rassel. Dann werde ich den Sheriff nicht mehr los. In dieser Sekunde jagen drei Schatten über unsere Köpfe. Und dann fallen kleine stinkende Bröckchen vom Himmel.

„In Deckung, Rättel!", krächzt einer der Schatten. „Wir hauen dich da raus." Fledder! Das Geiermädchen geht in meine Klasse. Offenbar hat sie ebenfalls verschlafen. Gleich dahinter segeln ihre Brüder Flodder und Flatsch durch die Strahlen der Morgensonne. Immer mehr Mini-Stinkbomben fallen herab. Die Geier-Geschwister haben ihre Frühstücksdosen mit der berüchtigten Geiergrütze geöffnet. Fledders Mama kocht sie täglich frisch. *Ach-du-schleimige-Schleiche*! Höchste Zeit zu verduften. Nur Karamelo kapiert mal wieder nicht. „Momentchen mal, was riecht denn hier so fürchterlich?" Dann fällt auch beim Sheriff der Groschen. „Rette sich, wer kann!", schnaubt er und trabt davon.

Das Loch

Als die Luft wieder rein ist, landet Fledder neben mir im Sand. Die Dose um ihren dürren Hals ist wieder zu. Ihre Brüder sind weiter zur Schule geflogen.
„Was machst du hier, Rättel?", fragt Fledder neugierig. „Wieso bist du nich' bei Frau Gecko? Und wo is' Fenni?"
Eigentlich sollte die Operation Feuerkugel ja geheim bleiben. Und von Fenni wollte ich auch erst mal nichts erzählen. Doch manchmal tut es richtig gut, jemandem sein Herz auszuschütten.
„Gestern Abend haben wir geschmolzene Kaktuskäsesuppe verdrückt. Dann war da dieses komische Licht, wie ein Blitz, oder so", platzt es aus mir raus. „Heute früh haben wir verschlafen, und

plötzlich war Fenni krank. Ich will den Fall aufklären, damit Frau Gecko nicht sauer ist. Und ich habe es Fenni versprochen."

„Aha, na so was. Armer Fenni", flüstert Fledder traurig. Dann hüpft sie ein paar Mal auf und ab und verzieht den Schnabel. „Fenni hat einen nervösen Magen. Mamas Grütze mag er auch nicht."

Logisch! Der Gestank von dem Zeug haut jeden um, der kein Geier ist. Aber das behalte ich für mich.

„Ein Blitz? Bei euch gab es ein Gewitter?“, hakt Fledder nach. „Bei uns war alles ruhig. Mama hat Grützeplätzchen gebacken, und Papa hat Witze erzählt. Wir haben uns weggegeiert. Willst du einen hören? Kommt ein Geier ins Restaurant …“

„Gerne, vielleicht später.“ Im Moment habe ich keine Lust auf Geierwitze. „Da war ein Blitz. Aber ohne Donner.“

„So was gibt's doch gar nicht“, meint Fledder.

„Eben. Deshalb will ich ja auch nachsehen, was da los war“, sage ich. „Hast du denn wirklich nichts Merkwürdiges aus der Luft gesehen?“

„Ne, null.“ Fledder verzieht wieder den Schnabel. „Nur ein Loch.“

„Ein waaas?“, staune ich.

„Im Sand“, antwortet Fledder. „Ziemlich groß. Supertief.“

PRRRRRRRR. Zur Knatternnatter aber auch! Langsam wird die Sache wirklich spannend. „Also, Fledder, noch mal zum Mitschreiben: Da ist ein großes Loch in der Wüste, das gestern noch nicht da war?“

Fledder nickt.
„Und das findest du nicht merkwürdig?"
Manchmal frage ich mich wirklich, warum Fledder ausgerechnet die Detektivklasse besucht.
„Jetzt, wo du es sagst!" Endlich kommt auch meine gefiederte Freundin ins Grübeln.
Mein Schlangenherz pocht aufgeregt. „Kannst du mir das Loch mal zeigen?"
„Aber wir müssen doch zur Schule", kräht Fledder. „Das gibt Mega-Mecker!"
„Wenn wir was Spannendes entdecken, wird Frau Gecko stolz auf uns sein", versuche ich sie zu überreden. „Und Fenni wird sich freuen."
Es funktioniert. Fledder fliegt voraus, und ich jage wie ein Raketenwurm hinterher.
Als wir das Loch erreichen, starre ich staunend in die Tiefe. Hier muss eine riesige Murmel mit drei Beinen gelandet sein! Und danach ist sie wieder verschwunden. Aber was ist zwischendurch passiert?
„Das'n Ding, was?", kräht Fledder stolz. Dann

zuckt sie plötzlich zusammen: Die Bahnhofsuhr schlägt neun!

Wir sind schon eine ganze Stunde zu spät. Fledder hebt fix ab, ich flitze hinterher.

Doch schon nach wenigen Metern rolle ich fast über meine eigene Rassel. *PRRRRRRRRR!* Vor mir in der sandigen Straße ist eine Spur, die sich gewaschen hat. Wer auch immer durch den Sand gestapft ist, stammt nicht von hier. Nicht aus Älbukörki und nicht aus unserer Wüste. Wahrscheinlich nicht mal von unserem … Oder habt ihr schon mal jemanden mit sieben Zehen an jedem Fuß gesehen?

Der Große Karamellklau

Ich folge der ungewöhnlichen Spur bis zu unserer Schule. Dort vermischt sie sich mit unzähligen anderen Pfoten und Krallen. Um mir den Abdruck genau einzuprägen, male ich ihn im Sand ein paar Mal nach. Gar nicht so schlecht. Meine Rassel funktioniert auch als Pinsel! Dann klappert sie wieder: *PRRRRRRRR, PRRRRRRR, PRRRRRRR!* Alarmiert sehe ich mich um. Links sind die Schulklos. Rechts die Wohnhöhlen für Schüler wie mich und Fenni, deren Eltern nicht in Älbukörki leben. Das Ding mit den vierzehn Zehen könnte überall sein. Auch im Klassenraum. Vielleicht sogar auf meinem oder auf Fennis Platz! Ich linse vorsichtig durchs Fenster hinein. Doch drinnen ist alles wie immer. Frau Gecko steht vor der Tafel und meckert mit Fledder wegen der Verspätung. Schätze, so wird es mir auch ergehen, noch bevor ich alles erklären kann.

Aber dann kommt mir ein besonders großer Schmetterling zu Hilfe: Als ich die Tür öffne, flattert er mit mir hinein. Er nimmt Kurs auf Frau Gecko und sofort schießt ihre Zunge hervor. Unsere Schulleiterin gehört zur Familie der Eidechsen, klar? Wenn die ein Insekt herumfliegen sehen, schnappen sie zu. Die können gar nicht anders. Im nächsten Moment klebt der Schmetterling fest. Mit ihren großen Glupschaugen starrt Frau Gecko auf den hübschen Falter mit den bunten Flügeln. Der schaut ängstlich zurück. Das ist meine Chance! So kann sie unmöglich mit mir schimpfen.

„Guten Morgen, Frau Gecko", lege ich los. „Es gibt vier gute Gründe, weshalb ich zu spät bin. Erstens: Gestern Abend ist eine komische Feuerkugel vor der Stadt gelandet."

Sofort beginnen die Ersten zu lachen.

Davon lasse ich mich nicht aus der Ruhe bringen: „Zweitens: Fledder und ich haben etwas Ungewöhnliches im Sand entdeckt."

„Genau. Da is'n Loch. So groß wie unser Klassenzimmer!", krächzt Fledder stolz.

Flodder und Flatsch, ihre Brüder, haben wie immer nichts gesehen und geiern sich ebenfalls weg.
„Drittens!", übertöne ich das Gekreische.
„Irgendjemand mit sieben Zehen an den Füßen hat sich auf dem Schulgelände versteckt."
Nun brüllen alle durcheinander. *„Eine Feuerkugel!" „Sieben Zehen!" „So was gibt es doch gar nicht!" „Bei Rättel rappelt's unterm Hut!" „Hahahaha!"*
Sogar der Schmetterling kringelt sich auf Frau Geckos Zunge vor Lachen.
Ich lockere meine Krawatte, um ordentlich Luft holen zu können. „Viertens! Fenni ist krank. Der Doktor war bei uns und hat ihn mitgenommen."
Mit einem Mal ist es still in der Klasse. Alle lieben Fenni. Bei der letzten Wahl haben sie ihn zum Klassensprecher gewählt. Wenigstens Fledder steht mir bei. „Das Feuerdings hab ich nich' gesehen. Aber das Loch im Sand, das gibt's wirklich."
Ich pflücke den Schmetterling von Frau Geckos Zunge, bevor sie ihn aus Versehen verschluckt. Dann bringe ich ihn vor die Tür.

Kaum ist er davongeflogen, stürmt Karamelo an mir vorbei. Völlig außer Atem baut er sich vor der Tafel auf. „Jemand hat mein Paket geklaut", schnaubt er. „Die Karamellkaugummis. Mein Nachschub. Alles weg!"

„Sheriff! Sie stören meinen Unterricht!", protestiert unsere Lehrerin. „Was ist denn heute nur los?"

„Bitte, Frau Gecko, ich brauche Ihre Hilfe", fleht daraufhin der Sheriff. „Ich muss ein Einsatzteam bilden."

„Und an wen haben Sie dabei gedacht?", will sie wissen.

Karamelo zeigt auf Tokki, den kleinen Klopfkäfer. Tokki ist ein genialer Abhörspezialist. Mit seiner selbst gebauten Ausrüstung entgeht ihm fast nichts.

„Und ich brauche Fledder!", sagt Karamelo. „Sie muss die Untersuchung aus der Luft überwachen."

Darin ist Fledder unschlagbar,
Spitzname *Superdrohne*,
capito?
Dann trabt Karamelo zu mir.
„Rättel ist der letzte Zeuge. Den brauche ich auch."
„Das Einsatzteam! Mir nach!", brüllt Karamelo.
Doch unsere Lehrerin stellt sich ihm in den Weg. „Ich habe einen besseren Plan!", verkündet sie streng. „Ich verlege den Unterricht nach draußen. Die ganze Klasse macht sich auf die Suche nach dem Kaugummidieb. So haben wir alle was davon. Und danach schaue ich nach Fenni."

Tokki und die Knaller

Meine Mitschüler haben sich überall in Älbukörki verteilt. Frau Gecko ist bei den jüngsten geblieben. Es ist ihr erster Einsatz, und sie sind noch neu in der Stadt. Fledder, unsere *Superdrohne*, sucht aus der Luft nach dem Dieb. Tokki und ich sind Karamelo zum Sheriffbüro gefolgt. Aber der muss erst mal telefonieren. Wir warten vor der Tür und lauschen. „Ist da der Polizeichef? Ich brauche Verstärkung!", jammert er in den Hörer. „Bitte! Mindestens zwei Hilfskamele! Waaas? Sie kommen persönlich? Sie wollen die Fahndung aus nächster Nähe überwachen?" Von drinnen hören wir, wie Karamelo sich in seinen Schaukelstuhl fallen

lässt. Der angekündigte Besuch seines Chefs hat ihn glatt umgehauen.
Tokki hat seine Spezialausrüstung mitgebracht. Auf seinen winzigen Käferohren klemmen Kopfhörer. An seinem Rücken ist der Deckel einer Limoflasche festgeschnallt. „Meine Erfindung: der Präzisions-Kronkorken!", sagt er stolz. „Damit höre ich alle Geräusche fünfmal so laut. Mindestens."
Zum Test rassel ich mit meiner Klapper direkt in die winzige Schüssel. Tokki kippt vor Schreck lang in den Sand. Logisch! Klapperschlangen sind im Allgemeinen nicht gerade die besten Freunde der Klopfkäfer. Dabei weiß Tokki ganz genau, dass ich keine Käfer mag.
„Heiliger Sandsack, Rättel!", meckert er. „Wieso erschreckst du mich?"
„Verrate mir mal, wozu du dieses Zeug bei der Suche brauchst", spreche ich deutlich in

seine Ausrüstung. „Hast du etwa schon mal ein Kaugummi quasseln hören? Oder Lieder singen?"

„Schmatzgeräusche, platzende Blasen, wenn's unterm Fuß klebt, ploppt es leise", klärt mich Tokki auf. „Kaugummis sind lauter als Bonbons und Schokoriegel. Das sind die Fakten."

Tokki hat es voll drauf. Ein echter Profi! Ehrlich gesagt, haben Fenni und ich das *Kleine* Doppeldee nur mit seiner Hilfe bekommen.

Mit einem Mal zuckt Tokki zusammen.

„Schmatzalarm!"

„Kannst du auch hören, wo geschmatzt wird?", frage ich.

„Still!", verlangt Tokki. Dann schaut er nach oben in den blauen Himmel. „Mistikakko, es ist nur Flatsch. Er frühstückt Grütze im Flug."

Jetzt kann ich es auch riechen. Doch kaum ist Fledders Bruder hinter dem alten Casino verschwunden, fällt Tokki schon wieder in

den Sand. Der Knall in seinem Kopfhörer war nicht zu überhören.

Tapfer rappelt er sich hoch und lauscht. Rumms. Noch ein Knall. Eindeutig von einem platzenden Kaugummi! „Es kommt von ... warte, das gibt es doch nicht ...!" Aufgeregt blickt er in alle Richtungen. Dann hebt er zitternd einen Fühler und zeigt dorthin, wo wir gerade hergekommen sind.

„Dann nichts wie zurück zur Schule", zischele ich aufgeregt.

„Nicht zur Schule! Es knallt woanders. STOPP, Rättel!"

Fast hätte ich Tokki über den Haufen geschlichen.

„Und wo? Raus mit der Sprache!"

„Du wirst es nicht glauben, aber ..." Tokki zieht sich profimäßig die Hörer von den Ohren und schaut mich ernst an. „Es knallt in eurer Höhle!"

Ein Einbrecher!

Je näher wir unserer Höhle kommen, umso unruhiger wird Tokki. Das spüre ich, weil er sich unter meinem Hut verkrochen hat. Aufgeregt krabbelt er dort herum und kitzelt mich am Kopf.
„Siehst du schon was?", fragt er nervös.
Von außen ist alles wie immer. „Nichts. Hörst du was mit dem Kronkorken, Tokki?"
„Und wie!", kommt es umgehend zurück.
„Was denn?", will ich wissen.
„Du wirst es nicht glauben." Wie immer macht er ein großes Geheimnis aus seiner Entdeckung.
Aber dies ist mein Fall! Ohne mich würde Tokki jetzt die Schulbank drücken.
„Sag schon!", verlange ich.

„Weiß gar nicht, ob du das Geräusch noch kennst", hält Tokki mich hin.
Aber dann brauche ich seine Hilfe nicht mehr. Durch das offene Badezimmerfenster dringt es auch ohne Kopfhörer zu mir. Tokki hat nicht übertrieben. Diesen Klang hatte ich fast schon vergessen: die Dusche! Irgendjemand seift sich gerade in unserem Bad ein!

Nie zuvor habe ich unsere Höhle so vorsichtig geöffnet. Normalerweise stürmen Fenni und ich hinein, schlagen uns die Bäuche voll und hängen dann vorm Aussichtsfenster ab. Heute ist alles anders. Fenni ist nicht hier, um mir zu helfen.

Und wenn es brenzlig wird, kann Tokki nicht viel ausrichten. Ein Klopfkäfer ist eben kein Profiboxer. Vorsichtshalber habe ich ihn auf Fennis Ohrensessel abgesetzt. Noch immer plätschert es in unserem Badezimmer. Dazu singt jemand in einer seltsamen Sprache. Als ich ein Ohr gegen die Badezimmertür drücke, bleibt mir die Spucke weg. Der Gesang besteht aus … ZAHLEN!"
Das Lied geht so: *9-13-7-1-14-26-5-14-1-12-12-lalalala-7-9-2-20-19-11-5-9-14-5-14-11-14-1-12-1-yohoho-23-7-5-4-9-5-19-5-14*-yeah, oh, yeah!
Und dann knallt es wie Donnerhall.
Was, zur *Stotterotter*, soll das bedeuten? Ratlos hebt Tokki die Ärmchen. Die Kopfhörer hat er rechtzeitig abgelegt, sonst wäre er jetzt taub. „Total gaga!", ruft er mir zu. Vor seinem winzigen Gesicht macht er die Scheibe.
Ich nehme all meinen Mut zusammen. Jetzt oder nie. Das Leben als Detektiv ist halt voller Gefahren. Mit einem Ruck öffne ich die Tür zum Bad. Sofort fällt das schmutzige Geschirr dahinter klirrend um.

Logisch. Um zu duschen, musste der Einbrecher erst die Wanne freiräumen.

„Jililililililieee! *8-9-12-6-5! 20-21-5-26-21*!!!" Ein gellender Schrei und ein paar Zahlen. Sieben Zehen umklammern den Duschvorhang. Dann wird er zur Seite gerissen, und vor mir steht ein ... äh, keine

Ahnung, was das ist. In der freien Hand hält es Iris unters plätschernde Wasser. Noch verdeckt eine dicke Seifenschaumschicht den Einbrecher. Aber eines steht schon fest: So was haben Tokki und ich noch nie gesehen.

Die Geheimsprache

Patsch, patsch, patsch … mit jedem Schritt tropft Schaum auf den Boden. Ich suche nach einem Badetuch. Wo haben wir die bloß verstaut? Tokki zeigt auf eine alte Kommode. „Versuch es mal da." Richtig! Schnell fische ich ein Tuch heraus. Darunter erwartet mich die nächste Überraschung. „Hier sind Karamelos Kaugummis!"

„Mistikakko!", stöhnt Tokki und schlägt die Fühler überm Kopf zusammen. „So ein Schlamassel!"

Der tropfnasse Fremde hat Karamelos Paket mitgenommen. Schnell werfe ich ihm das Handtuch zu. Als er trocken ist, staunen wir Bauklötze. Vor uns steht ein kleiner Außerirdischer mit allem Drum und Dran: Riesige Augen. Ein Kopf so rund wie ein Straußenei. Nirgendwo Haare. Lila Haut und blaue

Füße. Aber das ist nicht die letzte Überraschung an diesem verrückten Morgen. „All unsere Kaktuskäse-Vorräte sind weg“, stelle ich entsetzt fest.
Tokki zeigt auf den kugelrunden lila Bauch. „Schätze, der Käse ist da drinnen.“
Auf seinen Füßen mit den sieben Zehen tapst der Besucher zu Fennis Ohrensessel und lässt sich hineinfallen. Iris stellt er an ihren gewohnten Platz. Sie sieht schon wieder frischer aus. *„8-9-5-18-7-5-6-1-5-12-12-20-5-19-13-9-18“*, plappert der Fremde. Dann rülpst er: *Böööaaarrp!*
Tokki hat recht. Ein Käsewölkchen segelt durch die Höhle.
„Vielleicht kann er uns ja seinen Namen sagen“, schlage ich vor.
Ich tippe mit der Rassel auf Tokki: „Tokki!“
Tokki tippt auf mich: „Rättel, Vorname Roger.“

Das lila Kerlchen lässt eine weitere Kaugummiblase platzen. Dann tippt er auf sich selbst: *„11-23-1-1-11*!“
„So kommen wir nicht weiter“, stöhnt Tokki.
PRRRRRRRRRRRR! Meine Rassel meldet sich, denn ich habe eine Idee! „Das ist ein Zahlencode.“
„Zahlenkot?“ Tokki schüttelt sich. „Du meinst ... wie Aa, oder was?“
Tja, im Abhören ist er eine Granate. Aber *Geheimsprachen* liegen ihm überhaupt nicht. Und genau darum handelt es sich hier. Die Zahlen stehen für etwas anderes. Nur für was?

Die beste Schule im Universum

Ich hole mir Zettel und Stift und schreibe Tokkis und meinen Namen untereinander. Darunter noch die letzten Zahlen von unserem Besucher.

Tokki

Rättel

11-23-1-1-11

Eins fällt mir sofort auf: In unseren Namen gibt es doppelte Buchstaben.

In der unteren Reihe sind es zwei *11* und zwei *1*.

PRRRRRRRR, ich bin auf der richtigen Spur! Aber noch ergibt es keinen Sinn. Vielleicht hilft uns ja Tokkis einmaliges Gedächtnis weiter. „Sag mal, was war die höchste Zahl, die der Knirps genannt hat?"

„26." Wie immer ist dem Klopfkäfer nichts entgangen. „Wieso fragst du?"
„Das ist doch seltsam", grübele ich.
„Nein. Nur eine Tatsache", widerspricht Tokki.
PRRRRRRRRRRR! Ich bin der Lösung ganz nah, kein Zweifel. „Wie viele Buchstaben hat das Alphabet?", sprudele ich hervor.
„26. Du meinst …?" Jetzt kapiert auch der Käfer.
„Die Zahlen stehen für die Buchstaben von 1 bis 26?"
„Na klar! Was sonst?"
Es dauert es eine Weile, bis wir in unseren Köpfen Buchstaben und Zahlen sortiert haben. Dann wissen wir, wie der Knirps heißt.
„Kwaak!", rufen wir gleichzeitig.

Sofort springt der vom Sessel und umarmt mich. Schlangen umarmen sich normalerweise nicht. Der Grund liegt auf der Hand – wir haben nämlich keine Arme. Deshalb bin ich froh, als Kwaak mich loslässt. Er will sich auf Tokki stürzen, aber der Käfer hebt zwei Beinchen. „Mach bloß keinen Quark!"

Dann kichert der Käfer. „Der Name gefällt mir. Hör zu, Rättel: Wenn wir seine Sprache so schnell kapiert haben, dann klappt es vielleicht auch umgekehrt."

„Warum nicht!" Schnell krame ich ein Schulbuch hervor und schlage die erste Seite auf. Es dauert eine Weile, bis wir unter die Buchstaben die passenden Zahlen gemalt haben. Aber dann reichen wir es weiter an den Knirps. In Windeseile liest er sich von Satz zu Satz. Seine Riesenaugen rasen von links nach rechts. Von oben nach unten. Kurz darauf sagt er sein erstes Wort: „Fertig!"

Palapopodingsbumms

„Hurra, es klappt!", jubelt Tokki.
Zum Test frage ich Kwaak: „Wo kommst du her?"
„Palarampfreffalopopolemkosinol."
Tokki grinst erleichtert. „Zum Glück hat er diesmal keine Zahlen benutzt."
„Wo ist das?", will ich wissen.
„Hinterm Mond links abbiegen, immer geradeaus bis zur Milchstraße. Dann im Kreisverkehr Ausfahrt Nummer 981", antwortet Kwaak.
„Das erklärt, wieso er eure Vorräte verdrückt hat", meint Tokki. „Nach der langen Reise hätte jeder einen Giga-Kohldampf."
„Er dachte, Karamelos Kaugummis wären essbar", kombiniere ich. „Weil die lecker riechen."

„Von Kaugummiblasen wird man nicht satt“, bestätigt Tokki. „Das ist eine Tatsache.“

Plötzlich stimmt Kwaak wieder sein Lied aus der Dusche an. Diesmal verstehen wir auch den Text: *„Im ganzen All – All – lalalala – gibt's keinen Knall – yohoho – wie diesen – yeah, oh yeah!* Am Ende lässt er eine Blase platzen. *Peng!*

„Seine Stimme klingt ein bisschen, wie wenn man Luft aus einem Ballon lässt“, findet Tokki.

„Kwaak übt ja noch“, verteidige ich ihn, oder sie, oder es. Ich habe keine Ahnung, ob Kwaak ein Junge oder ein Mädchen ist. Oder beides gleichzeitig. Ist ja auch seine Sache. Hauptsache nett! Jetzt lächelt Kwaak von einem Ohr zum anderen.

Dann stellt Tokki die alles entscheidende Frage: „Warum bist du eigentlich zu uns gekommen?"
„Will zur Schule gehen", verkündet Kwaak freudig. „Gerda-Gecko-Detektivschule. Ist die beste."
„Wiiiiieeee bitte?" Tokki kriegt sich gar nicht mehr ein. „Du bist einmal um den Mond gereist, um mit uns in die heißeste Detektivschule der Welt zu gehen?"
Kwaak schüttelt den Eierkopf. „Falsch. Die heißeste **UND** beste im ganzen Weltall. Das ist eine Tatsache."
ZSSSSSSSS! Jetzt redet Kwaak schon wie Tokki.
„Hast du das gehört? Wir sind berühmt, sogar auf *Palapopodingsbumms*", stelle ich voller Stolz fest.
Doch Tokki lässt den Kopf hängen. „Unmöglich", seufzt er. „Kwaak kann nicht mit uns zu Frau Gecko gehen. Irgendjemand wird singen."
„*Siiingen*?", hake ich nach.
„Sagt man doch so. Ihn verraten! Nicht dichthalten! Unser Geheimnis ausplaudern!", erklärt Tokki. „Dann weiß bald die ganze Stadt von ihm. Hast du

schon vergessen, dass Karamelo nach ihm sucht? Schließlich hat Kwaak seine Karamellkaugummis gemopst."

PRRRRRRRR! Tokki hat recht: Niemand darf von unserem Gast erfahren.

Penn gut, Kwaak!

Nachdem wir einen Plan geschmiedet haben, krabbelt Tokki aus unserer Höhle.
Er wird Frau Gecko sagen, dass ich ebenfalls Käsesuppen-Bauchweh habe. So gewinnen wir etwas Zeit. Unser Besuch aus dem All unterliegt natürlich strengster Geheimhaltung. „Bei meiner Klopfkäfer-Ehre!", klopft sich Tokki zum Abschied feierlich gegen die Brust.
Es fühlt sich komisch an, mit Kwaak allein zu sein. Eine Weile schauen wir uns schweigend an. Von Zeit zu Zeit streichelt er Iris, und jedes Mal erholt sich ein weiteres müdes Blatt. Die zwei verstehen sich prächtig. Und er macht sie gesund! Mit einem Mal entdeckt Kwaak die Urkunden an der Wand.

„Will auch Kleines Doppeldee!", teilt er entschlossen mit.
Fenni und ich haben ein ganzes Jahr dafür gebüffelt. Am Ende sind wir fast durchgefallen.
„Wie lange bleibst du denn bei uns?", frage ich vorsichtig.
„Zwei Tage", lautet Kwaaks knappe Antwort. „Dann holen mich meine Freunde wieder ab."
Seit gestern Nacht ist Kwaak schon bei uns. Bleibt also noch … *PRRRRRRRRR!* An einem einzigen Tag will er zum Diplomdetektiv werden. Unmöglich!

Doch dann fällt mein Blick auf den Stapel, den Kwaak in so kurzer Zeit gelesen hat. Wenn einer die Prüfung in Rekordtempo schafft, dann er. Allein vom Anblick der dicken Bücher werde ich schon müde. Dann fallen mir tatsächlich die Augen zu. Die letzte Nacht war eben doch zu kurz.
Als ich wieder aufwache, ist es draußen bereits dunkel. Kwaak sitzt noch immer neben mir. Mit großen Augen linst er durch unser Aussichtsfenster. Sein längster Finger zeigt auf eine Stelle links neben dem Mond. „Da wohne ich." Offenbar hat er Heimweh, denn er sieht dabei ganz traurig aus. Vielleicht vermisst er ja auch seine Freunde. So wie ich Fenni vermisse. Aber so ist das eben mit den besten Freunden. Die sollten eigentlich immer nah bei einem sein. Wie es Fenni wohl geht? Für einen Besuch ist es jetzt zu spät. Stattdessen erzähle ich Kwaak wirklich alles von Fenni. „Weißt du, er hat die Käsesuppe gar nicht gut vertragen. Meine Schuld, ich hätte es mir denken können", schließe ich nach einer Stunde meinen Vortrag.

Kwaak hat sich alles ganz genau angehört. Draußen schimmert nun die Himmelsmütze und schickt uns sogar ein paar Sternschnuppen. Diesmal sind sie echt. Heimlich wünsche ich mir, dass Fenni schnell gesund wird. Dann fallen mir wieder die Augen zu. „Penn gut, Kwaak!"
„*Ratz besser, Rättel*!", antwortet er. Sogar das hat sich Kwaak gemerkt. Der Typ ist echt in Ordnung.

Einer von uns

Am nächsten Morgen klopft es an der Tür. Vor Schreck rutsche ich aus dem Sessel. Habe ich schon wieder verschlafen? Als Nächstes fällt mir Kwaak ein. Der Platz neben mir ist leer. Im Badezimmer plätschert es. Da steckt der Außerirdische also. Kurz frage ich mich, ob eine Dusche nicht kaputtgeht, wenn sie täglich benutzt wird. Da klopft es wieder. Im Kopf gehe ich alle möglichen Besucher durch: Fledder, Flodder, Flatsch, Potter, Wüstenhase Willi, das Erdmädchen Jäcki, Tokki, Frau Gecko. Ich schleiche zur Tür und linse durch den Spion. *Zur Verdatternatter* aber auch! Alle sind gekommen! Außer der Lehrerin. Tokki hockt zwischen Willis Hasenohren und hebt entschuldigend zwei Beinchen. „Mistikakko", ruft er. „Ich hab mich verquatscht!"

„Mach auf, Rättel, wir wissen Bescheid", krächzt Flodder.

„Wir wollen das Kwaakteilchen sehen", verlangt Flatsch.

Wenn Karamelo die ganze Truppe vor meiner Höhle sieht, riecht er den Braten. Mir bleibt also keine Wahl. „Kommt rein, beeilt euch!"

Sofort stürmen sie in unsere Höhle. Bis in die letzte Ecke quetschen sich meine Mitschüler. Tokki macht eben keine halben Sachen. Nur Frau Gecko hat er zum Glück nichts erzählt.
Im Bad geht die Dusche aus und Sekunden später kommt Kwaak singend ins Zimmer. Das Badetuch hat er sich um den Bauch gewickelt. Als er die anderen sieht, quiekt er vergnügt auf. *„Jililililieeee!"*
Peng! Vor Freude lässt er eine Blase platzen.

Beim Anblick des Außerirdischen verstummen alle. Dann meldet sich Flodder:

„Jiliwasss? Äääähhhh, der sieht ja gar nich' aus wie wir!"
„Genau", stimmt ihm sein Bruder Flatsch zu. „Irgendwie nich' normal. Und ich dachte, der sei einer von uns!"

Da platzt mir doch glatt der Detektiv-Mantelkragen. „Siehst du etwa aus wie Tokki?“, kriegt er von mir einen Anpfiff. „Oder sieht Fledder aus wie ich?“
„Eben“, mischt sich Jäcki ein. „Wir sehen alle verschieden aus. Sonst hätte ich einen dürren Flodderhals. Oder eine Rassel am Po.“
„Ich hätte lange Ohren und Hasenzähne“, grinst Potter.
„Und ich würde mit ’ner Grützedose rumfliegen“, schimpft Willi. „Wüüürrrg!“
„Dann wär ich so hässlich wie meine Brüder. *Hähhähä*“, meint Fledder und geiert sich schlapp.
Denen hat sie es gegeben! *ZSSSSSSSSS*. Aber dann schaue ich ernst in die Runde. „Aber klar ist Kwaak einer von uns!“
„Tokki meint, wir sollen ihm alles beibringen, was wir bei Frau Gecko gelernt haben“, sagt Jäcki. „Damit er auf seinem Planeten der allerbeste Detektiv wird.“
„Gute Idee!“, finde ich. „Aber uns bleibt nicht viel Zeit. Heute Nacht wird er schon wieder abgeholt.“

Kaum haben wir uns um Kwaak versammelt, klopft es erneut an der Tür.
Nervös spicke ich durch das Guckloch. Aber da ist niemand. Als ich draußen nachsehe, schnellt von der Seite eine Zunge vor und fischt eine Fliege aus der Luft.
„Na, so was, Frau Gecko! Was machen Sie denn hier?" *PRRRRRRR*. Sie hat mich ausgetrickst wie einen blutigen Anfänger.
„Pfui, die mag ich nicht!" Unsere Lehrerin spuckt die Fliege wieder aus. „Wollte mal sehen, warum sich plötzlich die halbe Klasse mit Wüstenfieber krankgemeldet hat."

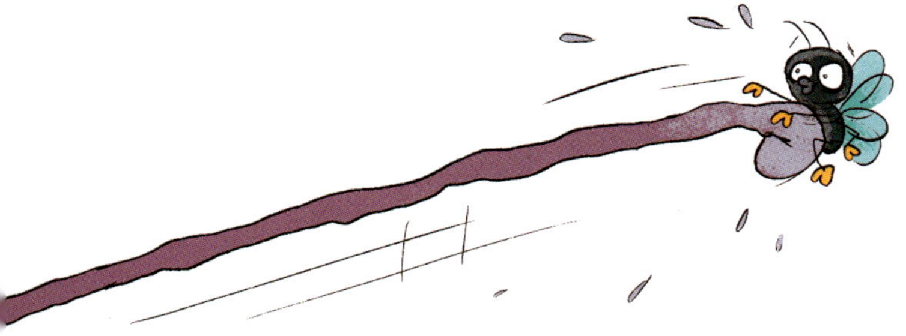

Frau Gecko ist doof

„*Jilililieee!*“, begrüßt Kwaak die Lehrerin begeistert. „Frau Gecko, berühmteste Schulleiterin im ganzen All!“

„So ein Unsinn.“ Frau Gecko verdreht die Augen. Aber jeder Detektiv durchschaut sofort, dass sie sich trotzdem freut. Kaum hat sie kapiert, warum Kwaak zu uns gekommen ist, da beschließt sie auch schon, gleich sofort mit dem Unterricht anzufangen.

Erste Lektion: *Unsichtbare Nachrichten schreiben*. Danach gerät sie direkt ins Schwärmen: „So einen gelehrigen Schüler habe ich noch nie gehabt.“

„*Jilililieee!*“ Kwaak umarmt die Schulleiterin ungestüm. ZSSSSSSSSS. Alle kichern. Doch Frau

Gecko schickt ihren neuen Lieblingsschüler erst mal ins Badezimmer. Lektion zwei: Geheimes Abhören. Alle müssen still sein. Drinnen drückt er jetzt sicher sein lila Ohr gegen die Tür. Tokki krabbelt rüber zu Iris und fängt an, rasend schnell auf ihrem Topf herumzutrommeln. Sechs Mal Klopfen für „F", achtzehn Mal für „R" ... die außerirdische Zahlen-Sprache, doppelt verschlüsselt! Ich steige nach den ersten zwei Buchstaben aus, aber Kwaak entgeht einfach nichts.

„*Frau Gecko ist doof*!", quiekt er fröhlich aus dem Bad.

„Volle Punktzahl", freut sich unsere Lehrerin. Nur Tokki wirft sie einen strengen Blick zu. „Wir sprechen uns noch, Freundchen!" Aber wenig später hat sie seine Frechheit schon wieder vergessen. Aus ihrer Tasche fischt sie ein paar Prüfungsblätter und einen Stift. Beides reicht sie Kwaak. Zum Glück muss ich nicht mitmachen. Schon beim Gedanken an eine schriftliche Prüfung schmilzt mein Gehirn wie Käsesuppe in der

Mittagssonne. Kritzelkratzel lässt Kwaak den Stift nur so übers Papier rasen.
„Nicht zu glauben", staunt unsere Lehrerin.
Ich zeige ihr den Bücherstapel, den er letzte Nacht auswendig gelernt hat, und Frau Geckos Glupscher werden noch größer als sowieso schon. Kwaak hat tatsächlich im Pfoteumdrehen alles gelernt, wofür wir anderen hundert Mal so lange brauchen.
Wenige Minuten später verkündet sie das Ergebnis:
„Alles richtig!"

Als Nächstes zieht unsere Lehrerin eine dicke Urkunde hervor und unterschreibt schwungvoll. „Hiermit verleihe ich dir das *Kleine* Doppeldee!", sagt sie feierlich. Dann überreicht sie Kwaak sein Detektivdiplom.
„Jilililieeee!", jubelt unser Gast und die anderen lassen ihn hochleben.
Ein bisschen beneide ich ihn, weil er so schlau ist. Dafür schaut er immer wieder neugierig auf das Ende meines langen Körpers. Wahrscheinlich hätte er auch gerne eine coole Rassel, die einen vor Gefahren warnt. Genau jetzt zum Beispiel: *PRRRRRRRRRR!!!* Der Grund: Kwaak kaut laut schmatzend ein Karamellkaugummi aus Karamelos Paket. Ach du grüne Mamba!
Prompt reißt Frau Gecko die Glupscher auf. „Wo kommt das denn her?"

Dieb oder kein Dieb

„Äh… na ja… also", druckse ich rum. Da krächzt Fledder auch schon dazwischen: „Die sind vom Sheriff."

Plötzlich schaut Frau Gecko gar nicht mehr freundlich. „Dann ist Kwaak also der Dieb."

„Kwaak ist kein Dieb!", widerspricht Wüstenhase Willi.

„Woher sollte er denn wissen, dass die Kaugummis Karamelo gehören?", fragt Potter.

„Eben!", protestiert auch Tokki.

Sofort reißt Fledder ihre Frühstücksdose auf.

„Warum sagt der Knirps denn nichts? Hier, lecker Kwaakspeise, äh, Grütze, probier mal! Heute mit extra Wurmgelee."

„Jilililieeeeee!" Kwaaks Farbe wechselt von lila in grün zu blassgelb. Schreiend rast er zurück ins Bad und versteckt sich in der Truhe mit den Handtüchern. Fledder wirft sich einen großen Brocken in den Schnabel. „Was hat der denn?"
„MACH SOFORT DIE DOSE ZU!", befiehlt Frau Gecko und holt Kwaak zurück.
PRRRRRRRR! Meine Rassel schlägt Alarm. Wovor will sie mich warnen? Na klar – vor dem Gestank. Wir brauchen Frischluft!
Schnell reiße ich die Tür auf. Doch nicht wegen der Grütze hat meine Rassel geklappert. Vor der Tür steht Karamelo! Gleich neben ihm schnaubt der Polizeichef. Beide sind stinksauer. „N' Abend, Rättel. Wir haben die ganze Stadt durchkämmt", nölt der Sheriff. „Aber von meinen Karamellkaugummis fehlt jede Spur. Wolltet ihr mir nicht helfen?"
Neben ihm nickt sein Boss, das Oberkamel.
Dann recken beide neugierig die Köpfe durch die Tür. „Momentchen mal, was ist denn hier los?", prustet Karamelo.

Doch bevor die zwei sich durch den Eingang quetschen können, schießt Frau Gecko nach vorne. Sie schmatzt, pustet. Dann lässt sie eine gewaltige Blase platzen. *Peng!* Und noch eine doppelte. *Pengpeng!*

„Ich gestehe alles“, sagt sie, und hält ihm ihre dünnen Beinchen für die Handschellen entgegen. „Ich habe Ihr Paket gestohlen. Sheriff, nehmen Sie mich fest!“

Allerbeste Superfreunde

Als Frau Gecko kurz darauf zwischen den Kamelen davonläuft, schaue ich ungläubig auf ihre Tasche. Sie ist bis obenhin voll mit Kaugummipackungen. Ich verstehe nur Bahnhof. Warum geht sie freiwillig ins Kittchen? Sie hat doch gar nichts getan! *PRRRRRRRRR!* Capito! Sie will Kwaak beschützen! Dann hält sie unseren lila Besucher also auch für unschuldig. Ob Karamelo sie wieder gehen lässt? Unwahrscheinlich. Für ihn ist sie die einzige Verdächtige. Außerdem will er vor seinem Boss gut dastehen. Und das geht eben nur mit einem Fahndungserfolg. Hoffentlich wird die heißeste Detektivschule der Welt nicht deshalb

geschlossen. Zur Klappernatter aber auch, ich sehe schwarz. Doch es kommt noch schlimmer: Als Fledder laut von hinten krächzt, zucke ich zusammen: „So ein Riesenquark, Kwaak is' weg!"
Ich quetsche mich an den anderen vorbei und linse ins Bad. Der Außerirdische ist durchs offene Fenster verschwunden.
Draußen wird es bereits dunkel. Bald ist Schlafenszeit. Höchste Eisenbahn, Kwaak zu finden – er wird doch heute Abend wieder abgeholt! Während die anderen in der Stadt nach ihm suchen, schleiche ich ohne Umweg zu dem Loch in der Wüste. Doch als ich atemlos ankomme, hockt dort nur Fledder. Um ihren krummen Hals hängt neben der üblichen Dose mit Grütze jetzt auch eine Trinkflasche. Was da wohl drin ist? „Hallo Rättel. Hier is' er nich'", krächzt sie. „Hoffentlich hat Kwaak sich nicht verlaufen."

„Wenn er nicht rechtzeitig kommt, fliegen seine Leute vielleicht ohne ihn wieder ab", denke ich laut. „Man müsste sie irgendwie aufhalten. Aber wie?" Besorgt starren wir abwechselnd in die Wüste und in den Sternenhimmel. Jeden Moment kann das Megaschnuppenraumschiff auftauchen und dann –

„Ich hab's!" krächzt Fledder plötzlich. „Wir bieten ihnen was zu essen an! Mama meint, mit leerem Bauch is' nich' gut flattern." Sie klopft mit dem Schnabel auf ihre Frühstücksdose. „Is' proppevoll. Am besten, ich flieg denen entgegen!"

PRRRRRRRRRR! „Äh, lass mal, Fledder." Schließlich war Kwaak auch schon mal vor der Grütze geflohen! „Die Außerirdischen kennen doch so was Gutes wie eure Grütze gar nicht", erkläre ich vorsichtig. „Was, wenn sie vor Schreck gleich wieder abdampfen? Dann wäre Kwaak der einzige Außerirdische auf der ganzen Welt. Meinst du nicht, er würde sich schrecklich einsam fühlen ohne seine Freunde?"

„Hä?" Fledder blickt mich schräg an. „Und was ist mit uns? Wir sind doch seine Freunde!"

Das stimmt. Aber Kwaak hat sicher einen allerbesten Freund da oben auf seinem Stern. So einen Superfreund wie Fenni. Die findet man nur selten. Während ich in die Nacht starre, frage ich mich, wie es Fenni wohl geht. Zu schade, dass er Kwaak nicht kennenlernen kann. Die schönsten Abenteuer sind immer die, die wir zusammen erleben. Ob er sich jetzt auch einsam fühlt? Später werde ich ihm alles erzählen.
„Sag ma', Rättel!", holt mich Fledder aus meinen trüben Gedanken. „Können Schnuppen bremsen?"
„Zssssssss. Ne, unmöglich!", antworte ich.
„Dann guck dir die ma' an!"

Grützelimo-Alarm

Was da direkt auf uns zufliegt, sieht aus wie eine leuchtende Suppenschüssel. Aus den Henkeln sprüht blauer Nebel über unsere Köpfe. Dann senkt sich das Ufo in das Loch. „Passt wie angegossen", staunt Fledder.

Kaum gelandet, öffnet sich auch schon der Deckel von der Flugschüssel. Drei Paar blinkende Augen linsen durch den Schlitz. Dann heben sie die Hände.

„*Krrrrchhhhh*", kichert Fledder. „Die lila Knirpse winken uns zu."

„Sieben Finger, genau wie bei Kwaak!", zischele ich aufgeregt.

„Ich werde mal *Hallo* sagen", freut sich meine Geierfreundin. „Mama meint, es geht nichts über einen ordentlichen Begrüßungstrunk." Sie zupft den Stöpsel von ihrer Trinkflasche, und sofort verbreitet sich ein fürchterlicher Geruch. So schnell wie der Ufo-Deckel sich geöffnet hat, knallt er wieder zu. „Was haben die denn?" Fledder nimmt einen Schluck aus ihrer Flasche. „Hmm, lecker Grützelimo!"

Plötzlich taucht Tokki neben mir auf. „Mistikakko! Fledder hat sie verscheucht. Die düsen wieder ab!", ruft er. „Was sollen wir machen, Rättel?" Verzweifelt schaue ich auf meine Rassel. Aber die bleibt still. Dabei brauche ich doch so dringend einen Geistesblitz. Längst qualmt es wieder aus den Henkeln.

Die Schüssel bebt und ruckelt. Sand wirbelt auf und die Lichter blitzen bunt.

Fledder hebt die Flügel. „Tut mir leid."

Dann endlich: *PRRRRRRRRRRRRRR!!!!* Meine Rassel – das ist es!

„Tokki, schnell, wir müssen Kontakt aufnehmen!" Der kleine Klopfkäfer kapiert sofort, was ich meine. Zusammen flitzen wir zum Rand des Ufos und klopfen, was die Schüssel hält: 23-1-18-20-5-20-1-21-6-11-23-1-1-11!

„Hä, was soll'n das?" Fledder kratzt sich an der Stirn.

Bange Sekunden warten wir. Aber es passiert: NICHTS!

Freunde!

Wir sind umhüllt von blauem Qualm. Doch niemand muss husten. Tokki hebt die Fühler, und ich züngele neugierig in den Nebel.
„Riechst du, was ich rieche, Rättel?", fragt Tokki.
Ich schnüffele noch mal. *„Zur Verdatternatter, Datteln! Die Schüssel fliegt mit Dattelsaft. Das heißt ..."*
„... auf Kwaaks Stern gibt es Palmen!", fällt mir Tokki ins Wort.
Dann ist es da oben vielleicht genauso schön wie hier bei uns, überlege ich, da höre ich Schritte.
Kwaak! Er wetzt an uns vorbei und donnert in letzter Sekunde auf den Deckel: 8-1-12-20! 9-3-8-2-9-14-5-19! 11-24-1-1-11!

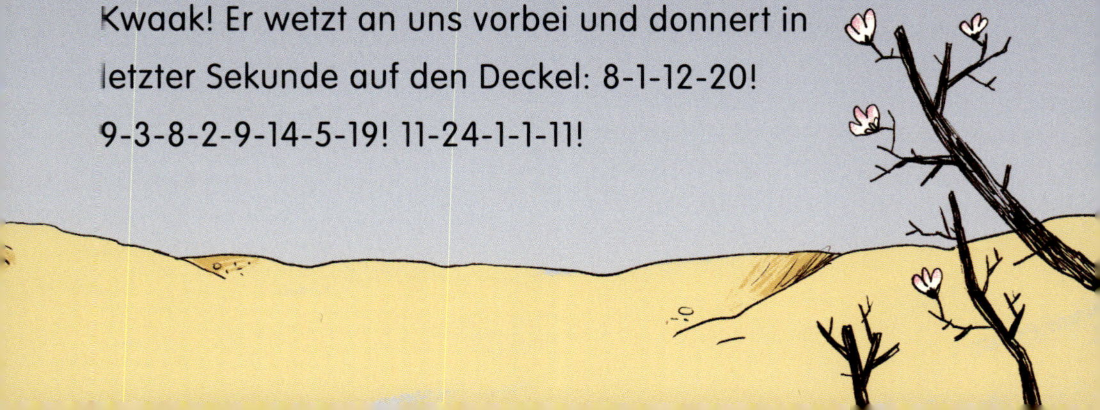

Das Ufo steigt ein Stück, doch gleich darauf tauchen Kwaaks Kumpel wieder auf. Sie lassen eine Leiter runter und winken ihn zu sich. Offensichtlich sind sie in großer Eile.

„Die haben wohl nicht genug Dattelsaft im Tank“, vermutet Tokki.

Fledder pickt schon wieder am Stöpsel ihrer Trinkflasche. „Ich wette, das Ding fliegt auch mit Grützelimo.“

PRRRRRRR! „Fledder! Nein!“, zische ich. Sonst verschwindet unser neuer Freund noch, ohne dass wir Tschüss sagen können. Mit großen Augen läuft Kwaak zu

uns. Neugierig schielt der gelbe Wüstenmond hinter einer Wolke hervor, als wollte er nichts verpassen. Und da sehe ich sie: eine Träne!
„Der lila Knirps ist traurig", flüstert Fledder. „Jetzt sag doch was, Rättel!"
Leider kriege ich keinen Ton raus. Wenn es nach mir ginge, könnte Kwaak sofort bei uns einziehen. So einen Superfreund könnten wir gut gebrauchen. Und die Dusche würde auch nie mehr einrosten. All das würde ich ihm jetzt gerne sagen.
Stattdessen zupfe ich verlegen an meiner Krawatte und richte den Hut. Plötzlich umarmt er mich wieder. Und diesmal fühlt es sich richtig gut an.
Aber dann rufen seine Freunde: *„Jilililieeeeeee!"*
Und gleich darauf klettert Kwaak die Leiter rauf.
„6-18-5-21-14-4-5?", ruft er uns zu.
Tokki und ich müssen nicht lange nachdenken:
„Freunde!", antworten wir wie aus einem Maul.

Minutenlang schauen wir der Schüssel hinterher. Aber dann muss Fledder schleunigst heim. „Bis morgen, Leute!", krächzt sie und segelt davon. Auch Tokki krabbelt zu seiner Klopfkäfer-Familie, so schnell er kann. Als wirklich nichts mehr von Kwaak und dem Ufo zu sehen ist, mache ich mich auf den Weg. Aber nicht zur Schlafhöhle. Schließlich habe ich noch eine kniffelige Aufgabe zu erledigen.

Falsche Spuren

Die letzten Wolken haben sich von der Himmelsmütze verzogen. Der Mond steht nun genau über mir und schaut mir zu, wie ich mit meiner Rassel Zeichen in den Sand male. Gleich vor mir, im Sheriffbüro, brennt noch Licht. Als ich fertig bin, klopfe ich an die Tür. Karamelo hat wohl schon geträumt, denn als er öffnet, steckt auf seinen Ohren eine Schlafmütze.

„Ich will den Großen Karamellklau aufklären“, erkläre ich ihm. „Frau Gecko ist unschuldig!“

„Ab ins Bett, Rättel, die Sache ist abgeschlossen“, meint Karamelo mit halb offenen Augen. Dann gibt er gähnend seinen Lieblingsspruch zum Besten: „Wer hat's voll im Griff? Na, logo, euer Sheriff!“

Aber ich bleibe stur. „Ein Außerirdischer hat Ihre Kaugummis mitgenommen. Ich habe den Beweis."
„Was du nicht sagst!" Karamelo grinst schief. „So ein grünes Ufo-Dings, meinst du, mit drei Fingern? Wieso bin ich da nicht selbst draufgekommen?"
Dann prustet er vor Lachen. „*Muhahahahaha*!"
Damit habe ich natürlich gerechnet. „Von wegen grün. Der Dieb war lila. Hier sind die Spuren. Wenn Sie genau hinsehen, entdecken Sie sieben Zehen an jedem Fuß."
Neugierig stapft der Sheriff vor sein Büro und untersucht den Boden. Zum Glück leuchtet der Mond hell genug.
„Sehen Sie sich das an, Sheriff, der Außerirdische ist von da hinten gekommen. Dann hat er ihr Paket geschnappt und ist damit in die Stadt gelaufen."
Ich staune über meine gelungenen Fußabdrücke. Die sehen genauso aus wie die von Kwaak. Doch dann blickt Karamelo mich skeptisch an.
„Momentchen mal, Rättel!" Müssten die Spuren nicht längst verwischt sein?"

Mist. Der Sheriff ist doch nicht so dumm, wie ich dachte.
„Ich glaube, unser Diplom-Detektiv will mich gewaltig übers Ohr hauen", mosert er. „Es gibt keine Außerirdischen, das weiß doch jedes dumme Dromedar!"
„Aber die Spuren sind echt", versuche ich es ein letztes Mal. „Sie müssen unsere Lehrerin freilassen!"
„Nix da! Der Fall ist gelöst!" Karamelo stapft sauer zurück zu seinem Büro. „Adios, Rättel."
Peng! Über uns knallt es. *Pengpeng!* Noch mal.
Und dann: *„Jilililieeeeee!"*
Völlig lautlos ist Kwaaks Suppenschüssel über dem Sheriffbüro aufgetaucht. Also, bis auf die

Kaugummiknaller. Vier Hände winken uns zu. Mit sieben Fingern. Dazu heben sie auch noch jeder einen Fuß über den Rand der Schüssel. Mit sieben Zehen.

„Das ist der Beweis!“, verkünde ich stolz.

Karamelo taumelt vor Schreck auf und ab. Abwechselnd starrt er auf die falschen Spuren und auf die Hände und Füße der Außerirdischen.

„Momentchen mal, das gibt's doch nicht. Du meinst, die kauen meine Karamellgummis?!?“

Pengpeng! Peng! Kwaak zwinkert mir noch einmal zu, dann schießt das Ufo steil nach oben und verschwindet.

Eine halbe Stunde später sehe ich erleichtert zu, wie Karamelo Gerda Gecko aus dem Gefängnis entlässt.

„Bravo, Roger“, sagt sie mit stolzer Stimme. „Bald bist du reif für das Mittlere Doppeldee.“

„Äh …, was?“, stammele ich verlegen. „Sie meinen …?“

„Du bist einfach der beste Detektiv in ganz Älbukörki“, verkündet sie so laut, dass auch Karamelo es mitkriegt.

Das *Mittlere* Doppeldee! Danach kommt nur noch das *Große* Doppeldee. Wenn ich auch das geschafft habe, bin ich ein echter Diplom-Detektiv!

Müde aber glücklich machen wir uns auf den Heimweg. Der Sand ist noch warm. Links und rechts schaukeln hohe Palmen im Wind. *Älbukörki ist die schönste Stadt der Welt,* denke ich. Frau Gecko denkt wohl das Gleiche, denn sie nickt mir lächelnd zu. Am Schultor sagen wir uns Gute Nacht. Frau Gecko läuft zu ihrer Höhle und ich zu meiner.

Wenige Meter vor unserer Tür erstarre ich. *PRRRRRRRRRRR!* Meine Rassel spielt verrückt. Drinnen brennt Licht. Irgendwer hat sich bei uns reingeschlichen!

Pfoten hoch!

Wie gut, dass ich bei *Unsichtbares Anschleichen* immer aufgepasst habe! Das Fenster zum Bad steht noch offen. Ob der Fremde dort hineingeklettert ist? Geschickt winde ich mich lautlos durch den Hintereingang. Niemand zu sehen. Als Nächstes linse ich vorsichtig in das Zimmer mit den gemütlichen Sesseln. *Ha*! In einem der Sessel hat es sich jemand gemütlich gemacht.

„Sitzen bleiben! Pfoten hoch!", zische ich, so laut es geht. Doch statt der Pfoten schießen zwei Lauschlöffel in die Höhe. „Fenni!", kreische ich überrascht.
„Rättel!", kreischt Fenni zurück.
Blitzschnell flitze ich in meinen Sessel. „Was machst du denn hier? Bist du wieder gesund?"
Fenni nickt so heftig, dass seine Löffel schaukeln. In den Pfoten hält er Iris, die nun wieder frisch und kräftig aussieht. „Du wirst es nicht glauben!", freut er sich. „Ich habe geträumt, dass ein lila Außerirdischer zu mir gekommen ist. Der hat eine Hand mit sieben Fingern auf meinen Bauch gelegt. Als ich aufgewacht bin, war ich kerngesund! Ist das nicht total verrückt?"
Deshalb hat Kwaak also fast seinen Rückflug verpasst. Er wollte erst noch Fenni fit machen. So wie er auch Iris geholfen hat. Und das Beste ist: Fenni hat ihn kennengelernt! Wenn auch nur ganz kurz.
Ich stelle eine volle Schale Kaktus-Lakritze zwischen uns und erzähle ihm alles, was er verpasst hat.
„Da oben im All gibt es Palmen?" Als ich fertig bin, schaut Fenni mich mit leuchtenden Augen an.

„Meinst du, wir können Kwaak irgendwann auf *Palapopodingsbumms* besuchen?"
Als wir kurz darauf ins Bett gehen, schimmert die Himmelsmütze noch heller als sonst. Minutenlang liegen wir nebeneinander und schauen stumm in die Sterne. Irgendwo guckt jetzt vielleicht auch Kwaak zu uns runter. Fenni winkt Richtung Milchstraße, und ich hebe meine Klapper. *Prrrrrrrrr*, macht sie leise.
„Was meinst du, wird morgen, Rättel?", murmelt mein bester Freund schläfrig.
„Ein verdammt heißer Tag, was sonst? Penn gut, Fenni!"
„Ratz besser, Rättel!"

Aussprachehilfe und Liste unbekannter Wörter

Amigo	*A-mi-go* = Spanisch für „Freund"
Capito	*Ca-pi-to* = Italienisch für „(Hast du) verstanden?"
Jäcki	*Dschä-ki* = englischer Name
Kittchen	*Kitt-chen* = umgangssprachliche Bezeichnung für ein Gefängnis
Operation	*O-pe-rad-sjon* = nach einem Plan genau abgestimmter Einsatz
Präzision	*Prä-zi-sjon* = Genauigkeit
Probieren geht über Studieren.	Redewendung: Durch Ausprobieren erfährt man am besten, ob etwas funktioniert oder nicht.
Rättel	Aussprache für das englische Wort „rattle" = die Rassel einer Klapperschlange
Roger	*Rod-scher* = Verstanden oder Einverstanden. Wird mit Funkgeräten verwendet, zum Beispiel von Piloten